VERSAILLES

POÈME

PAR

MARCELLIN DESBOUTIN

GENÈVE · PARIS

F. RICHARD, ÉDITEUR · A. LEMERRE, ÉDITEUR
5, Rue du Rhône · Passage Choiseul, 47

1872

(3)

VERSAILLES

VERSAILLES

POÈME

PAR

MARCELLIN DESBOUTIN

GENÈVE	PARIS
F. RICHARD, ÉDITEUR	A. LEMERRE, ÉDITEUR
56, Rue du Rhône	Passage Choiseul, 47

1872

VERSAILLES

En l'an dix-sept cent quinze, et le premier Septembre,
Sur son lit de parade, en sa royale chambre,
Le vieux Louis Quatorze à Versaille expira —
Daignant prouver enfin qu'il n'était rien qu'un homme
Et que *Dieu seul est grand!*... L'âme se retira
De ce corps qu'on porta dormir son dernier somme
Couché dans Saint-Denis aux flancs de ses aïeux!...
— L'âme se retira... mais l'Arbitre suprême,
Celui qui ne connait ni rangs, ni temps, ni lieux,
L'arrêta tout à coup frémissante au seuil même
De ce vaste palais, fastueuse Babel,
Où ce Roi se croyait hier encore immortel!
— Et Dieu l'allait juger, — Or dans cet autre monde

Quand une âme une fois tombe à l'Eternité,
Deux siècles — l'infini pour notre vanité! —
Aux assises de Dieu sont comme une seconde!
— Le grand Juge arrêta cette âme sur ce seuil.
Et là, lui désignant le bronze équestre au centre
De cette cour d'honneur où le roi, quand on entre,
Au-devant du palais semble vous faire accueil,
Il lui dit : « Mets-toi là — sur ce socle. en vedette —
« Car je veux te donner ton portrait pour sellette!... »
— L'âme alla se loger dans ce bronze... et d'abord
C'était pour la fière ombre encore un autre règne
Que d'être ainsi campée. en dépit de la mort,
Sur son grand destrier, et — formidable enseigne —
De voir les voyageurs de cet hôtel de Rois,
Forcés de mettre tous devant lui pied à terre,
Se courber en passant sous sa figure austère,
Maîtres tremblants devant le Maître d'autrefois!
— Fier encor le grand Roi, le fantôme colosse,
Trônait donc! — Mais voici qu'à ses yeux de métal
Le palais se transforme ... Un bruyant carnaval
Fait tournoyer ce temple où comme un sacerdoce
Il exerçait jadis le métier souverain.
— Une cour bigarrée autour du Dieu d'airain
Agite en minaudant falbalas et paillettes.

Les échos du palais du vieux Pygmalion
Répètent en riant des caquets de fillettes
Et des propos d'alcôve! — Au loin le tourbillon
Se perd en chuchotant sous les sombres allées...
Autour des grands bassins les femmes affolées,
En cascades de soie et d'or et de chansons,
Descendent les degrés de marbre et de porphyre,
Secouant l'éventail et la poudre et le rire
Au nez des nobles fils de nos vieilles maisons!
—Il entend dans les airs jadis pleins des fanfares
Que soufflait la Victoire au-devant de ses preux
De Hollande ou du Rhin revenant tout poudreux,
Il entend proclamer parmi des tintamares
Le règne scandaleux des Cotillons d'amour
Rangés par dynastie et trônant tour à tour!...
— Chaque tyran femelle attache à sa pantoufle
Le ruban sur lequel saute, — royal pantin, —
Son petit-fils le roi de France qui s'essouffle
Autour du déjeuner de la noble catin!
— Royauté, Majesté, Grandeur, Gloire, Etiquette,
Tout son règne empilé pour un auto-da-fé
Se fond sous la bouilloire où de sa main coquette
Cotillon III là haut mijote son café!...
— Et l'âme du vieux Roi rugit sous le fer rouge

De cette honte au front de sa race! — C'est lui
Qui se sent conspué dans ces propos de bouge!...
Lui, Cassandre d'hier dans Scapin d'aujourd'hui,
C'est lui qu'a bâtonné ce tutoiement infâme!...
Lui que bafoue ainsi le rire d'une femme!...
— La solidarité de la race et du sang
Le fait s'écarteler dans cette double vie :
Au palais il reçoit l'insulte, et la ressent
Sous son masque d'airain! — Furieuse, ahurie
L'âme court en frissons tout le long des parois,
Dans les flancs caverneux de l'inerte machine,
Va, vient, monte, descend de la tête à l'échine
Et de l'homme au coursier!... se raidit aux endroits
D'où part la volonté pour imprimer l'allure.
— Il voudrait — il voudrait superbe et triomphant,
Tel qu'il sait qu'aux regards ce bronze le figure,
Rentrer dans son palais, écrasant, étouffant
Ce sérail de valets, d'impures courtisanes,
Par les vastes couloirs, par le haut escalier,
— Idole redoutable aux regards des profanes —
Se dresser au devant de son pâle héritier...
— Il voudrait, le trainant au balcon qui regarde
Cette cour et ce socle où Dieu l'a mis de garde,
Lui dire: « — Je suis là! — je veille, et de ce lieu

« Sentinelle rivée en face de la route,

« J'entends devers Paris, dans les bruits que j'écoute,

« Venir par ce chemin la Justice de Dieu !... »

II.

Et la Justice vint sans que le Roi-fantôme

Réussît à mouvoir de sa geôle un atôme!!...

Dans cet affaissement qui succède à l'effort,

Convaincu d'impuissance, il sondait en soi-même

Des causes, des effets l'insondable problème,

— Lien mystérieux du vivant et du mort —

Cette Hébraïque loi qui poursuit dans sa race

Les fautes de l'aïeul, sans faire jamais grâce!

— Et l'effroi le gagnait! — La scène avait changé.

Le château déblayé de sa fange royale

Avait pris un aspect de majesté loyale

Ainsi qu'un vieux viveur qui s'est enfin rangé.

Mais au dehors grondait comme un lointain orage

Coupé de longs éclairs,... et l'homme d'un autre âge

Entendait sourdement que devant son château

La main de Dieu clouait un immense tréteau

Dérobé par un voile!... Une vaste carrière

Semblait commencer là ... Pleine d'acteurs confus,

A travers cet écran à grand'peine entrevus,
La France à son réveil bourdonnait toute entière!...
— Tout à coup une voix, une voix de Titan
Déchira d'un grand cri ce voile... Une menace,
Gigantesque défi, fort comme l'ouragan,
Du palais étonné vint souffleter la face!...
— Le peuple, acteur nouveau, parlait par cette voix!
Le peuple, apparaissant pour la première fois,
Dressé comme un lutteur contre les baïonnettes,
Le peuple était en jeu!... Le drame avait un nom ;
Et le rideau levé sur le sombre horizon
Laissait distinctement voir des formes plus nettes.

— Par la grande avenue, à travers le brouillard,
La tête sous la pluie et les pieds dans la boue,
Hurlantes de la faim et poussant à la roue
De canons ressautant sur leur affût gaillard,
Des femmes s'avançaient!... bataillon famélique
Pataugeant et piaillant l'hymne patriotique,
— Hymne dont ces gosiers font un chant menaçant !
— Ombre du puissant Roi! qu'est cela?.. dans Versaille,
Qu'emplit une senteur de haillons et de sang,
Devant le Saint des Saints, que veut cette canaille ?...
Que font les régiments?... Qui laissa les chemins

Libres ?.. Que s'est-il donc passé dans la Grand'ville
Pour mettre à l'air ainsi cette horde servile
Et lâcher des canons à de pareilles mains ?...
— Sire! il s'est en effet passé de grandes choses
Dont vous pourriez peut-être un peu dire les causes...
Sire! — un tout petit mot, le mot de Liberté
(Un mot fort mal sonnant pour votre Majesté!)
Hier a fait dans Paris tomber votre Bastille!...
Hier, dans un acte auquel manque votre apostille,
Le Clergé, la Noblesse, au souffle de ce mot,
Pris d'un même vertige ont, en pleine séance,
De leurs droits à grands cris voté la déchéance.
En une seule nuit!.. comme on bâcle un complot...
— Sire! c'est maintenant le tour des gueux! — En somme,
Proclamés libres, mais mourant là-bas de faim,
Ils marchent sur Versaille, et, pour faire le pain
Ils viennent, incarnant les choses dans un homme,
Chercher le *boulanger* et le *petit mitron*...
(Pardon! ce sont vos fils qu'ils nomment de ce nom)
— Maintenant voyez-vous, Sire, au fond de l'allée
Ce fouillis de mousquets, de piques, de tambours
Qui bruissent dans l'ombre en hideuse mêlée?...
— C'est le long bataillon des Crânes des faubourgs!
Hors de leurs noirs taudis chassés par la souffrance,

D'instinct, par les chemins, se ruant hasardeux
Vers ce château bâti par vous en haine d'eux
Qui garde pour la cour le Roi fait pour la France!...
Leurs femmes péroraient, chantaient, pleuraient — allons !
Allons ! Sire ! on va voir les mâles à l'ouvrage !
— La faim les mord — Ma foi ! tant pis si l'on outrage
Dans l'entrain du travail vos célestes salons !
— Ils sont là ! — le torrent coule, emportant les gardes,
Envahissant les cours, — tordant, battant, brisant
Porte ou grille — fouillant et saccageant vos hardes
Et vos meubles sacrés ! — des pleurs, des cris, du sang !..
— Une reine effarée, au milieu de ses femmes,
Fuyant à demi-nue ! — et les piques, les lames
Courant de chambre en chambre en fulgurants éclairs !...
— Une trombe qui hurle et passe dans les airs....

— Et c'est tout. — Maintenant sur cette scène ouverte,
Sire, jetez les yeux ! — La cour vaste est déserte,
Le palais morne autour semble un tombeau béant!
— Et là-bas, tout au loin, se retire et s'efface
Le grand torrent!... rumeur qui décroît dans l'espace
Entourant, — emportant un carrosse!... O néant
De la grandeur des Rois dans les mains d'un Dieu juste!

Ce carrosse contient votre famille auguste
Qui sort de ce palais pour la dernière fois...
Ce palais où jamais ne rentreront les Rois !

III.

Et dès lors commença pour l'âme prisonnière
D'expier et souffrir une triple manière :
— Le regret du Passé, — l'énigme du Présent,
— L'effroi de l'Avenir ! — Sentinelle oubliée
En avant du château dans son harnais pesant,
Sous le froid du silence amère et repliée
Elle attend, elle épie au milieu de sa cour
Du passé disparu le signe d'un retour !
Et les échos mourants de la Cité brumeuse,
En s'engouffrant le soir sous les vastes lambris
Comme en un orgue immense, y simulaient les cris
Et les gémissements d'une mer écumeuse !...
— Puis des chants enivrants poussant en bataillons
Des peuples entrevus par groupes de haillons

Comme un embrasement traversaient l'atmosphère!. .

— Et les tambours battaient la charge en tous les sens ..

— Et des milliers de pas réglés sur ces accents

Couraient de tous les points... et gagnaient la frontière!...

— Tandis que dans Paris s'entendaient des coups sourds

Comme la hâche au fond d'un bois que l'on émonde.

Et l'âme du captif sentait qu'en ces grands jours

Autour d'elle avait lieu l'écroulement d'un monde:

Le monde du passé, le monde de l'erreur,

Que chassait devant soi l'Ange de la Terreur!

— Pour ce grand châtiment des abus des vieux âges

Devant cet accusé leur fier représentant

Dieu fait passer d'un trait tous les pâles visages

Que la main du bourreau levait en les comptant!...

Il les voit tous servant de sinistre auréole

A la tête d'un Roi dans lequel on l'immole!...

— De ces milliers de coups de la faulx qui trancha

Noblesse et Royauté dont cette ombre est l'emblème

Dieu fait dans sa justice un seul éclair suprême

Qui l'atteint dans la tombe où la mort le coucha.

— Et l'âme du vieux Roi s'affaissa pantelante,

Demandant vainement au néant un abri,

Et sous la main de Dieu cette fois fut plus lente
A pouvoir se dresser le long du pilori.
— Autour de lui dormait vide encor de son monde
Le château qu'il gardait, fantôme chevalier :
L'un et l'autre frappés d'une torpeur profonde
Dans un même désir ils semblaient s'allier
Pour surveiller de loin sous leur fixe paupière,
L'un d'un regard d'airain, l'autre d'un œil de pierre,
Droit devant eux, au fond du large et long chemin,
Ceux qu'ils ont vu partir pour un exil sans fin !...
— Et déjà cependant Paris dans la vallée
Grondait moins furieux, — mais ne renvoyait pas
Ceux que l'aïeul a vu disparaître là-bas...

— Seulement quelquefois à travers cette allée
Il voyait s'avancer à cheval, se hâtant
Isolé dans le flot d'un cortége éclatant,
Un homme devant qui s'humiliaient les têtes
Quand à la grille enfin son pied éperonné
Sur le pavé royal sonnait, — et qu'étonné
Le château tressaillait comme aux jours des conquêtes !...
— Le Roi de bronze alors toisait l'homme de fer
Qui d'un œil sombre et dur soutenait son grand air...

— Et l'ombre se disait, en remontant la trace

Des âges, pour trouver en lui quelqu'un des siens:

« Quel est cet homme étrange??... il n'est pas de ma race ;

« Mais il est de l'histoire et descend des anciens!... »

— Cependant l'homme aussi.—l'homme au profil antique,

Comme un César errant dans l'ombre d'un portique

Passait de chambre en chambre à travers le château ;

Se faisait un moment tout ouvrir ; — morne et grave,

Entre le monde ancien et le monde nouveau.

Sur ce passé brillant conservé sous la lave

Il arrêtait le feu de son profond regard ;

Parcourait les jardins, semblait partout s'empreindre

Du parfum des grandeurs qu'il s'efforçait d'étreindre

En hâte, — puis donnait le signal du départ.

— Puis il ne revint plus !

                   Le palais et son garde

Dans les âges toujours tous les deux plus avant

S'enfonçaient. — Par ces cours à peine se hasarde

Quelque passant frivole en riant ou rêvant.

Et l'âme du grand Roi dans cette étape aride

Sentit la double horreur de l'attente et du vide!

— Vide que traversaient entourés de piqueurs,

De valets avinés et de meutes hurlantes

Quelques chasseurs royaux... Et les échos moqueurs,

Quand passaient au galop ces chasses turbulentes,
Parmi des aboiements lui renvoyaient son nom
Porté par ces passants qui faisaient de Versaille
Un chenil pour leurs chiens et pour leur valetaille !...
— Alors le sombre aïeul du fond de sa prison,
En les voyant, le soir, ces vainqueurs de la bête,
Chevaucher vers Paris sans retourner la tête,
Se disait tristement : — « Non ce ne sont pas eux...
« Non ! ce n'est pas les fils que m'a donnés l'histoire !
« Car mes fils seraient là ! — fidèles à ma gloire
« Ils rendraient sa splendeur au toit de leurs aïeux ! »

IV.

C'est au bruit du canon dans la ville lointaine
Pendant trois jours portant à cette âme incertaine
Le branle-bas fumant d'un combat acharné
Qu'il les connut pour fils en les voyant en fuite !
Et seul de sa maison dispersée ou détruite
A son palais muet par l'orgueil incarné
Le vieux despote encor survécut à sa race, —

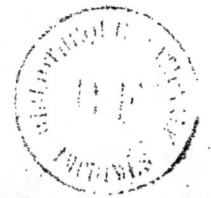

Spectateur enchaîné devant les noirs tableaux
Par le destin changeant poussés comme des flots
Dans l'horizon étroit que son regard embrasse.

— Or, depuis de longs jours, c'était le calme plat.
Le règne des bourgeois, le règne de la *prose;*
Seigneur *Monsieur Jourdain* voulait qu'à quelque chose
N'importe quoi fût bon!... et devenu l'*Etat*
Sous le nom de *Prud'homme*, il avait de Versailles
Fait un vaste bazar, par justes représailles.
Bazar où des tableaux classés, numérotés,
Démontraient à ses fils, par rang chronologique
Leur histoire de France en lanterne magique!...
— Lui-même, au premier rang des curiosités,
A la place où l'on voit cette face importune
De *Monsieur le Soleil* et *Madame la Lune,*
Lui-même, le grand Roi, sur son grand destrier
De bronze, figurait, impérieux et rogue,
Comme premier feuillet du savant catalogue.
— Pauvre roi de métal rouillé dans l'étrier !
Depuis de bien longs jours il n'avait pour spectacle
Que les tristes badauds débarqués de Paris
Le dimanche, et venant, en face du miracle

Ouvrir et leurs livrets et leurs yeux ahuris.

— Honteux de se sentir le point de mire au centre

De ces regards béants d'un public familier,

Le vieux lion gisait replié dans son antre,

Quand tout à coup la voix du céleste Geôlier,

Le juge et le montreur des bêtes de l'histoire

Lui dit : — « Debout ! Capet, — regarde autour de toi ! »

— Le bronze entier frémit et l'âme du grand Roi

Du haut de son coursier, comme d'un promontoire,

Voit la place, les cours, vastes parcs à troupeaux,

Noires d'escadrons noirs en ordre de bataille :

— Des rangs pressés, profonds, strient comme une écaille

Cet immense échiquier piqueté de drapeaux !...

— Dans cet étau de fer qui l'étreint en silence

Le vieux château se dresse étranglé... Par ses toits

Ses dômes, ses balcons, ses fenêtres il lance

Ce cri qui fait bondir les tocsins des beffrois,

Ce cri qui dans l'airain hérisse et fait se tordre,

L'ombre du vieux Monarque éveillée en sursaut :

Ce cri « l'Invasion ! » — Monstre dont il sent mordre

Jusqu'en ses fondements son palais pris d'assaut !

— « L'Invasion ! » — reptile aux mille pieds immondes,

Aux mille traits vibrants dans ses gueules en feu...

Après s'être de loin par les plaines fécondes,

Par les bourgs, les cités, sous le souffle de Dieu,
Répandue en ouvrant l'éventail formidable
De ses jambes à crocs, de ses têtes à dards —
« L'Invasion ! » repue à cette large table :
La France ayant pour nappe un linceul d'étendards. —
« L'Invasion ! » enfin repliée, accroupie,
Cloporte colossal resserrant sous son dos
Ses pattes… Elle était là cette chose impie,
Sur le cœur du pays, — y prenant son repos !…
— Maintenant penchez-vous sur vos étriers, Sire,
Et par-dessus le col du cheval-monument ;
Du haut du piédestal, votre dernier empire,
Regardez droit en bas ! — Un homme en ce moment
Au marbre est adossé… Savez-vous qu'est cet homme,
Sire, et ce qu'il fait là ? — L'Allemagne le nomme
Fils du Roi d'un pays qui n'était qu'un duché
Quand vous étiez « la France » — un Roi de fraîche date
Dont ce fils, son héros Benjamin, s'est juché
Si haut sur nos débris que sa casquette plate
Atteint presque aux sabots de votre grand cheval.
Ce Teuton à poils roux se croit votre rival,
Sire, et vous fait servir d'enseigne à la cantine
Où, de sa main royale, il verse avec bonheur
Leur rasade de gloire en médailles d'honneur

A ses fiers compagnons de guerre et de rapine!
— Quant au vieux, savez-vous, lui, le victorieux,
Ce qu'il fera demain, lui, le Roi, — lui, le père,
Ce qu'il fera là-haut pour faire encore mieux?...
Sire, dans le palais, lui, c'est là qu'il opère, —
En pleine galerie, en ce lieu fulgurant
Où cent glaces jadis répétaient votre image,
Il vous fera venir chaque plat figurant
Du théatre Germain lui porter pour hommage
Un titre qu'exhiba du fond de son bureau
Son rusé chancelier, ce Pasquin hobereau:
« Le titre très-chrétien d'empereur d'Allemagne!... »
— Il fera, pour narguer votre ombre, ce vieillard,
Coiffer du cercle d'or du géant Charlemagne,
Son masque moustachu de caporal pleurard!...
— Sire, que voulez-vous? ce brave homme s'en donne
Pour ses lauriers tardifs... et que Dieu lui pardonne!
— Il profite... il agit en parvenu prudent!
Quand on n'a que Berlin et six mois d'hiver russe
On n'a pas tous les jours, quand on est roi de Prusse,
Versailles et la France à mettre sous sa dent!...
— Et puis on est encor classique en Germanie!
On est encor naïf et pur! — On a là-bas
Bardes, historiens et valets de génie,

Philosophes à truc, machines de combats
Qu'on lance à fond de train sur quatre mots de thème,
Aboyants et mordants aux grègues du vaincu,
Bavant l'histoire en fiel, la morale en blasphème,
Pour prouver, de par Dieu, que la France a vécu,
Que c'en est déjà fait de la race latine,
Et qu'il faut nettoyer Paris... cette sentine!...
— C'est donc fort doctement et d'un grand sérieux
Que l'on fait, au profit de la France qui râle,
Un cours d'artillerie et de haute morale,
Et qu'on vient dans Versaille, à la barbe des dieux
Dont ce palais au front porte la dédicace,
Jouer sur ce vieillard cette farce cocasse!...

— C'est dur! mais c'est bien fait, Sire! et fort mal nous prit
De passer notre temps à pousser à l'essence,
Subtilisant les mœurs et raffinant l'esprit.
— Même péché mignon a même pénitence
Et pour vous et pour nous. — La Cour et la Cité,
Versailles et Paris comptaient trop sans leur hôte!
Nous ignorions par trop que l'on vit côte à côte
De l'étranger jaloux et du peuple irrité...
— Pour vous comme pour nous l'impudence fut grande
Et puissions-nous enfin ne jamais oublier

Qu'on a tort de danser si fort la sarabande ,

Le ballet du Soleil ou le cancan Bullier ,

Quand on a près de soi, menaçantes cohortes,

Du peuple sous ses pieds... des Teutons à ses portes !...

— Le Teuton il est là ! — Sa haine a pris la croix !

En face de l'Europe au port d'arme, il nous raille,

En nous exorcisant de sa sainte mitraille !

— Nos défauts fustigés servent de texte aux Rois

Pour faire à leurs sujets portant l'oreille basse

Recommandation d'être sages en classe !

Paris tenu serré dans un cercle de fer,

Paris mis quatre mois au pain sec comme un drôle ,

Paris montré du doigt aux bébés dans sa geôle

Est enfin bombardé par tous les feux d'enfer !...

— On bâcle *in absolves* une paix qui soutire

La chair de notre chair et les os de nos os :

La Lorraine allemande... et votre Alsace... Sire !..,

Et le monde béni rentre dans son repos !

— Le Teuton, le voilà ! — Quant au peuple, il commence.

C'est son tour ! Regardez... !

V.

Un moment entr'ouvert
Au souffle de la paix comme une ruche immense
Paris s'est de nouveau refermé. — Le désert
Se refait sous les murs de cette vaste enceinte.
— Comme une éruption que l'on croyait éteinte
Déjà les feux des forts illuminent la nuit.
Sire, il ne s'agit plus de France et d'Allemagne,
De pays ennemis se ruant en campagne,
Faisant à ciel ouvert leur besogne à grand bruit ;
De ces vieux démêlés de fleuve et de frontière,
Des éternels combats qui servent de matière
A tous les lauréats des écrits patentés.
— Aux lueurs du canon, voyez ! — là, dans la plaine,
Les escadrons Germains stoïquement plantés,
Près de leurs feux éteints retenant leur haleine,
Assistent interdits à ce duel géant...
Car, au bord de Paris, ce cratère béant,
Ce qui bout à l'état de lave envahissante,

C'est tout le sédiment des abus du passé
Dans l'ombre des bas-fonds lentement amassé.

— De ce gouffre grondant ont tenté la descente

Deux Révolutions qui n'ont plus reparu !...

— De l'engloutissement de quatre dynasties,

Du fumier suintant de nos mœurs perverties

L'élément furieux sourdement s'est accru ;

Et du sol où la guerre a fait larges entailles,

Il éructe aujourd'hui le fond de ses entrailles.

— Allons ! — Bats le rappel, vieille Société !...

Groupe à l'entour de toi tous les tronçons de glaives,

Les lambeaux d'étendards dispersés sur les grèves

Où vient de se briser l'Empire émietté !...

C'est à Versaille encor que ces nobles épaves

Vont se masser autour des gloires du passé.

Et l'antique captif de son regard glacé

Voit défiler déjà, silencieux et graves,

Tous ces soldats traînés par la Patrie en deuil

De la guerre étrangère à la guerre civile.

— Il les voit un moment s'aligner sur le seuil,

Puis s'engouffrer dans l'ombre où mugit la Grand'ville,

— Plus rouge, plus grondant s'élargit l'horizon.

— Pendant deux mois entiers, du haut de sa prison

Le détenu royal tendit vers cette arène

Son âme en proie au doute, interrogeant autour
Le pâle état-major des marbres de sa cour
Qui le déconcertaient par leur froideur sereine!
— C'est alors, c'est alors que retomba sur lui,
Lourd comme un de ces rocs des vieux damnés du Dante,
Son mot : « *l'Etat, c'est moi!* » —Car voici qu'aujourd'hui
C'est l'Etat ébranlé, c'est sa masse pendante
Qui pèse sur cette âme! —Il lui semble étayer,
Seul, le bloc tibutant de l'énorme édifice :
La France… sur lequel chacun vient essayer
Son rêve niveleur d'utopique justice!
— C'est cette âme incarnée au pays par l'orgueil
Que les partis entr'eux déchirent! — Chaque lame
De cette mer de sang vient battre sur cette âme
Qui, sur le bord des temps, debout comme un écueil,
Dit un jour au progrès dans sa démence folle,
Comme Dieu même aux flots : *tu n'iras pas plus loin!*
Chaque coup fait gémir dans les flancs de l'idole
Cet être qu'elle enferme, invisible témoin
Qui ne peut que souffrir et ne peut plus comprendre!…

Au bruit du grand combat lorsqu'il cherche à surprendre
Les phases de la lutte où le monde est en jeu,
Par lambeaux déchirés les terribles maximes

D'un sphinx engloutissant des milliers de victimes
Lui parviennent portés dans l'atmosphère en feu!
— A mort le Capital! — à mort le Monopole!
— A mort Luxe et Beaux-arts qui d'une métropole
Font un cancer honteux qui dévore un Etat!
— A bas ces monuments de tyrannie antique!
Ces demeures des Rois, leur appareil gothique
Aux droits sacrés du peuple éternel attentat!
— Justice au producteur! et place au prolétaire!...
Leur droit est le travail; — leur domaine est la terre!...
— Mort au monde passé qui n'a su qu'irriter
La haine et le mépris entre races voisines,
Qui n'a su qu'avilir l'homme,... et que le jeter
Machine à la caserne et forçat aux usines!...
— Et déjà l'incendie à ce souffle orageux
Dévore les palais dans Paris qui s'embrase!..
— Un nouveau point du ciel s'allume à chaque phrase,
Et, sur ce large écran, des bras de partageux
Passent en brandissant leurs torches et leurs armes!
— Dans l'immense concert de clameurs et de larmes
Sur l'orchestre à canon jetant leurs cris aigus,
De sa stalle d'airain il suit pour son supplice,
Et sans plus distinguer ni vainqueurs ni vaincus
Le drame dont il est spectateur et complice:

La mêlée anonyme où viennent se broyer,
Hurlant dans le creuset de ce vaste foyer
Les terribles croyants de cette foi nouvelle!...

— Plus rares, plus lointains se font pourtant les cris.
Dans la fumée intense au-dessus de Paris
Se répercute aussi plus rare l'étincelle
Des foudres des canons... Enfin l'ordre est vainqueur!
— Plus libre au loin frémit la brise printanière...
Et déjà même il semble à l'âme prisonnière
Que Dieu s'est relâché de sa grande rigueur!

VI

Mais voici qu'au milieu du silence que coupe
Un bruit de fers froissés, de chariots grinçants,
Par l'avenue il voit s'avancer une troupe
Affolée et confuse et flanquée en tous sens
D'un cordon de soldats qui la guide et talonne!
— Plus près, monte déjà cette longue colonne,
Et l'ombre du captif voyait le doigt de Dieu

Lui désigner d'en haut, aux abords de la place
Cette file qu'éclaire un long sillon de feu
Au milieu des soldats et de la populace
— La fournée!... un convoi d'insurgés!... Ce sont eux,
Sire! — une razzia pour les cours martiales
Faite hier dans le tas!... Échantillon piteux
De ce qui tint deux mois les forces sociales
En échec — Les voilà, brusquement arrachés
A leur sombre élément — la rue!... Effarouchés
Dans leurs haillons sanglants, leur friperie étrange,
Qui jurent au soleil et dans l'espace ouvert
Où les sabres tout nus vont poussant leur phalange!
— Le carnaval du sang un instant mis au vert
Dont on étale ainsi la face maigre et hâve
Et l'échine fourbue... ayant encore la bave
Du rut du grand galop infernal au fanon ;
Et dans ses doigts crispés de la poudre à canon!...
— Les voilà!... Vision terrible!... La guenille
Frottant l'habit rapé, .. la savate heurtant
La botte ! — le gamin qui ricane et sautille
Se déhanchant auprès du vieillard haletant!...
— Des boiteux, des bossus s'essoufflent dans la masse...
— Et tout cela se heurte et se pousse et se tasse,
Marchant ou se trainant! — Allons! hue! — en avant

Les femmes ! — l'escadron des sombres pétroleuses !
— Méduse sociale aux vipères houleuses
De foulards, de madras et de cheveux au vent !...
— La haine et la misère ont laissé sur ces faces
En troublant les cerveaux, en enfiévrant les nerfs,
D'hystériques fureurs des marques plus vivaces
Que sur les traits hardis des mâles les plus fiers !
— En avant ! — en avant et la loque et la soie !
La mère de famille et la fille de joie !
La vieillesse rugueuse et l'enfance où le fiel
De la souffrance étiole et la forme et la sève !...
— Tout cela pêle-mêle avance comme un rêve,
En public — au grand jour — à la face du ciel !...
Et des fourgons roulant à grand bruit de ferraille,
Près du blessé qui râle et saigne sur la paille
Servent à ramasser au besoin les traînards !
— La foule regardait et huait au passage :
— « A mort les communeux et vivent les lignards !... »

— L'autre, toujours muet, surveillait de sa cage
L'approche du cortège auquel fatalement
Il sent qu'est attaché son dernier jugement !
— Quand le défilé fut au centre, — et bien en face
De ses yeux de statue — alors la Voix d'en haut

Lui dit : « Capet ! voici ton bataillon qui passe,
« Le reconnais-tu point ? . . . » Le fantôme à ce mot
Vit, ou crut voir vers lui vieillards, hommes et femmes
Tourner, fixer leurs yeux pleins de lugubres flammes
De haine séculaire et de pleurs dévorés !...
— Un moment immergé dans la lueur profonde
De ces mille regards dardés de l'autre monde,
Il sembla d'un sommeil s'éveiller par degrés,
Puis cria : « Ce sont eux !... les pionniers de la Bièvre,
Tous ceux que j'ai jetés en pâture à la fièvre
Par milliers !... pour servir un caprice de Roi !...
— Ce sont eux ! — et voilà revivant pour combattre
Ces mêmes Protestants, victimes de leur foi,
Que j'ai fait dragonner sans les pouvoir abattre ! ..
— Ce sont eux ! — ce sont eux !... »

                              Et la voix se perdit

Dans l'air où s'envola cette âme épouvantée
En murmurant des mots que Dieu seul entendit.
— Pendant que les pas sourds de la foule hâtée
Et le trot des fourgons allait s'affaiblissant,
Laissant sur leur passage une trace de sang !...

GENÈVE. — IMP. CAREY FRÈRES, 3, RUE DU VIEUX-COLLÈGE

www.ingramcontent.com/pod-product-compliance
Lightning Source LLC
Chambersburg PA
CBHW061612180626
46818CB00005B/2042